続 あかさたな

平野さちを川柳句集

新葉館出版

この句集を恩師　大木俊秀さんに捧げます

川柳句集 続 あかさたな 目次

はじめに

月日の経つのは本当に早いもので私が句集「あかさたな」を上梓してからほぼ六年になる。

この六年の間に平成二十九年七月には同書に過分なる序文を頂いた師の大木俊秀さんを亡くしている。

もっとも俊秀さんだけでなく、この間に傘寿を前に句集など「あさはかな」動機で十年早いとからかわれた悪友はじめ親族、知人、柳友にも先立たれている。

私自身も大腸がんで内視鏡手術と開腹手術を受け、腰痛と難聴に悩まされながらも悪運強くまだこうして句作を続けていられることに感謝することしきりである。

齢八十五ともなればいつお迎えが来てもおかしくはないので、コロナウイルス騒ぎで蟄居している折、終活とばかりに断捨離を進めようとしたが、生来の貧乏性からどれも廃棄するに忍びず、それならと方向転換して暇に任せて旧作を読み返してみた。

七年余りお世話になったNHK学園の専任講師は平成三十年に退任して、今は一添削講師として僅かながらお手伝いを続けている。

歳とともに感動が少なくなって、近年は締め切りに間に合わせることに汲々としてとても会心作と言えるものがないが、元号も変わったこの六年間の作品中から『続「あかさたな」』として纏めてみようと思う。

前回のように俊秀さんのスクリーニングを受けていないので、不出来な句も混じっているがご容赦願いたい。

俊秀さんの題字はそのままで上梓のご挨拶とする次第である。

題字・大木俊秀

川柳句集 続 あかさたな

赤

稼ぎなら客より多い赤い爪

豪華船退職金を乗せ船出

教科書に墨塗って得た民主主義
アルバムに写真を剥いだ痕がある
大トロを握らせている接待費

グルメ本地元も知らぬ美味い店
いいカモと見てホステスが離れない
子が笑う場面で涙腺が緩む

今来たと待ちくたびれた顔で言い

壁を背にドンを待つのにやらぬ馬鹿

コネで落ち親の力のなさを知り

監督も根性論に頼り切り
化粧では勝てない嫁の若い肌
子の代も格差社会の尾を踏ます

介護した挙句患者に叱られる

アラカンがカラーだったら笑わせる

下戸のくせワインになると一家言

肝臓が叱る酒税の払い過ぎ
売る前にベストセラーは作られる
下駄一つない下駄箱に靴あふれ

教え魔が頼まれぬのに腕を取り
意地っ張り今日も奥歯がまた痛む
苦情処理妻の苦情は処理できず

会長の空咳一つ否決され

家裁まで行って夫に土下座され

交替で主役つとめる村芝居

重い物載せるなという父の棚

栄転の祝電透けている嫉妬

秋風が立ってアドレス消去され

カラオケになると英語のうた歌う

髪飾りだけが自前の謝恩会

カラフルに塗られオブジェとなる枯れ木

男運良ければ花も咲いた妻

惜しそうに下戸が会費を払う顔

おみくじを神主の子は信じない

刻む音妻は許してないらしい
芸術と言われ猥褻とも言われ
カミさんの愚痴で惚けずに済んでいる

ごますりと太鼓叩きで職を終え

一円の単位女子会の割り勘

校長も教師生徒もあるノルマ

ごめんねと言えば一層居丈高

うぐいすを鳴かせた妻も背が丸い

かわいいで片づくギャルの形容詞

抗議でも中国経由北の国
今朝もまたノルマを果たす靴を履き
イエスノー言えぬ社宅に住んでいる

妹へ夫の目つき見逃さず
自惚れを起こす鏡の罪作り
ああ言えばこう言い返す子の育ち

衣食住足りて物欲納まらず
一度だけ許してやればつけあがり
屑籠に文学賞を取る野心

一強におうむ返しを強いられる
玩具にもママの陰謀込めてある
お財布をペチャンコにして孫帰る

イケメンと言われ素行を疑われ
大部屋も芸能人と自称する
親が捨て子が持ち帰る玩具箱

がらくたが社長を目指す入社式
戦した国と今ではポチになり
きせるするする昭和のスリルないSuica

「お婆ちゃん」私あなたの妻ですよ
義理チョコというがゴディバで妻不快
女よりおんなの仕草知る女形

円卓の真ん中に置く請求書
お局がする新人の品定め
感づいた顔に別れを切り出せぬ

アラフォーの自分を騙す若づくり
打ち明けて内部告発される羽目
買ってから食べ方を訊く道の駅

カップルが出来てサークルひびが入り

校則で金太郎飴作り上げ

お下がりはたんと双子の兄がいる

腕解いて上司と名乗る妻の連れ

組み替えた腕で男が車道側

一強の啖呵にいじる公文書

ごろりいる唯それだけで癪の種

大掃除孫が来るなら嫁も来る

親がした隆鼻子供も同じ医者

極東の安定沖縄をいびる

外遊の合間総理の仕事する

激辛を耳が痛いと食べている

介護した妻の名前も忘れられ
浴びるほど薬を飲んで治らない
警策であれば体罰にはならず

数だけは誰にも負けぬ入門書

悪友の祝辞新郎気もそぞろ

親方の上親方がいる手職

栄転の餞別にするごますり器

親離れ出来ないままに貰う嫁

お互いの過去に触れない披露宴

顔見れば直ぐハグをする加齢臭

医師の出す薬を止めて楽になり

曲者が女房面で家にいる

アイドルが熟女となって脱ぎたがり
お見合いの前に男も行くエステ
現役とも言われ老害とも言われ

浅草を片言だけでおもてなし
味付けにまだ小姑がしゃしゃり出る
栄転へ懸案ばかり置いて行き

青い目も混じる新酒の試飲会

夫とは名ばかり妻のおさんどん

勝ち負けを引きずっているノーサイド

遅く来て未だ来ぬ人を責め立てる

お手軽に妾持たずにする不倫

過労死と背中合わせの社長賞

各論になると総論黙り込み

核心に触れると突如認知症

育休が終わると仕事変えられる

追い出しに相談役というポスト
これ以上駄目とモザイクかけられる
警官が邪魔で見られぬ両陛下

庇ってもも欲しい放っといても欲しい

金持ちに最初に回す奉加帳

去年から止めるといって来た賀状

鏡台に幅を取ってる試供品

高層に住み地下鉄で通う足

おだてられ今夜も酒が酒を呑む

客席の手もタクト振るコンサート

栄転で転居妻子は喜ばず

義理チョコも貰えぬ孫に思案する

好まざる客も迎える自動ドア

諦めた顔が診察待ちわびる

カタカナに振り回される老いの脳

椅子を置く位置は男の通信簿

青い目に子が嫁いだと知るお通夜

コロナ禍の通院で知る足の萎え

平野さちをエッセイ(1)

夢を売る男

自主憲法制定など時に奔放な発言で物議を醸す百田尚樹は、「永遠の0（ゼロ）」や出光佐三をモデルにした二〇一三年の本屋大賞「海賊と呼ばれた男」など幅広いジャンルを書き分ける流行作家でもある。

同じ二〇一三年に出版された「夢を売る男」という自費出版の世界を描いた小説が面白い。

池袋に来客が驚くような豪華な本社を持つ丸栄社は、新人文学賞に応募して来た作者を言葉巧みにおだてあげて、ジョイントプレスと称して作者と折半で上梓する仕組みで数十万円で出来る程度の本を、折半でも編集費、校正費、印刷費、製本費、デザイン料、宣伝費などの経費がかかるので相手の懐を見て二百万円程度で自分の作品に賭けさせる。

つまりその作品が売れなくとも出版した時点で丸栄には損がない。

自分の作品を傑作と信じている作者は、編集者に丸め込まれて作品の大ヒットの夢を買っているのである。

一方でライバル社が現われると、部下を密かに送り込んでその自社と同様の詐欺的商法を暴き倒産させる程のスゴ腕編集者でもある。

本人は作者を騙している後ろめたさはなく「お客にとっての本作りは夢なんです。自らの虚栄心や自己満足を満たす夢なんです。夢にはそれなりのパッケージが必要なのです」とうそぶいている。

時に出る新聞の自費出版の広告でこの丸栄社をはじめ現実のモデルが想像出来て面白い。

作中に本人の百田某は大したことない早晩消えるとか芥川賞などの文学賞を主催出版社の我田引水などと読者サービスもしている。

ご出版おめでとう。

「上梓する新葉館におだてられ」

これは一昨年私が句集を出したときの口の悪い大阪の柳友からのお祝い（？）のメッセージである。

一応定価もついているので、前述の本を読んだ人から見ればうまうまと引っかかった川柳バカと思われるかも知れないが、別におだてられて出した訳でもなく、全冊寄贈で自分史のつもりで上梓したので、夢を買うことにもならず何のトラブルもなく手持ち在庫も無くなった。

しかし出版にまつわるあの手この手の勧誘に被害を受けている人も多いのだろう。

それが証拠に十年以上前から川柳界でも話題になっていた「国会図書館で貴方の句を拝見して名句なので当方で新聞に掲載するから掲載料を払え」というような電話がいまだに架かってくることがあるので、このようないかがわしい商売でも続いていることに驚かされる。

（二〇一六年十月　川柳東京）

沙汰

セールスがご無沙汰ですと馴れ馴れし
杖を無視優先席にいるスマホ

新聞も麦酒もアサヒ止めました

続編のために主役は生き延びる

しくじった十八番の手品老いを知る

受診して加齢ですかと聞く患者

賛辞には七掛けせよと妻ピシャリ

ぞんざいな口で馴染みをひけらかす

スキャンダル流してギャラを吊り上げる

新製品ＣＭ程の味でない

出世から遅れ毒舌冴え渡り

前途より来し方ばかり見てる老い

タニマチと呼ばれ妻子が泣かされる

セクハラということもなし妻を揉む

就活の子がコネのない親を責め
参加賞ばらまくように配られる
出世した同期にクンで呼び出され

釣り針を隠す路上のアンケート

世帯主だがホッとする嫁の留守

スケジュール妻の都合が振り回す

社の序列天地無用と書いてある

長老のまあまあまあで消す火花

食べ終えてごちそうさまもせずスマホ

逆さまに離婚届の判を捺し

尖閣も竹島も地図赤く塗る

ツーカーの友で妻には嫌われる

賛成をして散会後いう不満

妻からもバリアフリーをせかされる

冗談と言って女の目を見つめ

始末書を御用納めに書いている

賽銭が頭越し飛ぶ初詣で

ジャンケンに負けて今夜は皿洗い

さんま焼く妻と春夫を口ずさむ

残業と言ってる口が酒臭い

染みを見て昼はカレーと当てられる

飛び級をして語り合う友いない

自宅葬ボロ隠しする鯨幕

司会アナ抱きつかれてる鐘三つ

辛抱を重ねて犬歯丸くなる

手で喋るだけで何度もする渡航

叱られた部下がパワハラだと騒ぎ

人生に欲しい土俵の徳俵

スキャンダル埋め戻してる国有地

船頭が五輪予算を山に上げ

大安吉日花嫁を見失い
朝食を抜いて無遅刻無欠勤
定刻に発車のバスが恨まれる

タレントを眺めるように都知事見る
再配達受け取る方が気を遣い
勝負服褪せて嫁とは張り合わぬ

当選のために蛇行の主義主張

宅配と聞けば重たい腰を上げ

先生の前が空いてる謝恩会

大臣の名刺が溜まる拉致家族
寿命だけ延びて年金追いつかず
父親が縁談に押す横車

中国の辞書にマナーは載ってない
食リポのやばいうめぇが止まらない
週刊誌名誉毀損の線を知り

どうしてもルビの通りに読めない名

徳利を振っても妻の知らぬ顔

先輩を売り手市場が呼びつける

参拝のたび神様に恨みごと

先生が来ない女子会盛り上がり

背広脱ぐ直ぐオッサンになり替わる

鳶が鷹賭けて我が子の教育費

絶対に損はしてない五割引

先生のジョークが寝てる子を起こす

国籍を人手不足が拘らず
史実など大河ドラマに曲げられる
渋滞も楽し彼女の笑む寝顔

タックルを詫び大学に風を入れ

先生と呼ぶには医師が若すぎる

先生は仇名名字が出てこない

背番号1縫い付けて寝つかれず

少子化に一夫多妻という議論

地方紙に包んでくれる道の駅

ダブルベッド売ります新品同様

蛇行した川も迎える母の海

断捨離を済ませて日がな捜し物

だるまの目入れて晴れ着に墨がつき

全て寄付しますに妻を慌てさせ

正社員だって辛いよ月曜日

しっかりと未来を握る赤児の手
散らかって泥棒からも呆れられ
遠回りしても出会ったいじめっ子

恙なく今日も暮れたという同居
手を軽く握った彼に物足らず
ど真ん中投げて死球の借り返す

女子会の俎上当日欠席者
連れて来る彼へ立ったり座ったり
玉の輿鬼千匹と同居する

答申の文字が政治に削られる

通夜の席妻初耳の艶話

どうしても美人の部下に甘くなる

茶柱が立ち買いに行く宝くじ

３Ｋの職場にもいる日本人

笑点のギャグ聞かされて半世紀

左遷され今に見てろのまま朽ちる

抱き癖をしっかり付けて義母帰る

ジキルからハイドに変わる出会い系

セールスの世辞が背骨を抜いて来る

裁縫をしなくてもある糸切り歯

代役になってさされる後ろ指

相談と言っておのろけ聞かされる
大金を払わすママのおべんちゃら
手袋を片手だけ編み恋終わる

盃に空徳利を振る落ち目

差し出した始末書誤字を直される

ざっくりと着こなしメタボ気づかれず

ドラ１に千本ノックする嫉妬

座席取り勝ったオバサン眠るふり

店主すら読めぬ色紙が壁覆い

取説を読み買ったこと悔いている
つまらないギャグを笑ってやる卑屈
正社員ならば好きとも言えるのに

平野さちをエッセイ(2)

この親にして

先ずは大手書籍チェーンに勤める姪御から聞いた話。

五百円程度のマンガの本を万引きした小学二年生の母親が呼び出された時、初めから喧嘩腰で、

「うちの子にはお小遣いもたっぷりあげているので、そんなことする筈がない。ね～そうでしょ」

「うん。ボクやってない」

「ほら、ごらんなさい。やってないのに疑うとは何事よ」

店長が「じゃあ仕方がないので学校へ連絡します」

「あなた学校の名前を知らせたの?」

その子が小さな声で「うん」と言うと、矢庭に子供の頭をゴツンと叩き、千円札を出して「買えばいいんでしょ。買えばお客だからこんなケチのついた本

じゃなく新しいのと取り換えてよ」

次はある日私が体験した一件。

平日の昼下がりの山手線は何人かが立っている程度であった。そこへ原宿駅からアラフォーとおぼしき母親が四歳位の男の児と乗り込んで来た。

「ママ、座れない」

「混んでいるからしょうがないでしょ」

「だってボク座りたいんだもの」

私の隣の若い二人が気を利かせて席を立つと、ありがとうとも言わずに子供は窓に向って座り、母親も黙って腰を掛けた。

すると向かい側の席に座っていた七十歳位の紳士が、

「お母さん、それは駄目だ。我慢させなくては」と声を掛けると、

「貴方なんか関係ないでしょ」とピッシャリ。件の紳士は「それはそうだけど」とか口の中でもぐもぐ言って黙ってしまった。

車内の気まずい空気が分かったのか坊主が「ママ、ママ」と呼んだが本人は

しっかり目を閉じて寝た振りをしている。

二駅先で私が降りる時にもう一度見たが同じ格好をしていた。

思うにこれらの母親は一九七〇年前半の第二次ベビーブームの頃に生まれた世代なのだろう。

そうすると彼等の親は第一次ベビーブームで同い年の人口も非常に多く、受験、就活など何事にも競争の激しい世代で他人のことを考えるより先ず自分のことを最優先した連中でもある。

従って極論すれば親になっても自分のことに精一杯で子供の躾にまで手が回らなかったのではないだろうか。

我が家の近くのペットショップには小型犬の躾は六泊で税込み二五九二〇円の広告が貼ってあるが、この有様を見ていると人間の躾にもこういう商売が出て来て欲しいものだ。

もっとも今回のケースならば大型犬の躾から始めなければならないだろうが。

親の顔見たいと思う親がいる　　　さちを

（二〇一七年七月　川柳東京）

花

花火見る今日は浴衣が勝負服
母が誉め父が貶した初見合い

パチンコに負け首筋の風と出る

二代目の社長現場に怒鳴られる

秘書室の山羊が食べてる社の批判

平成の江戸っ子神輿担げない
本当の馬鹿は出来ないおバカ役
二次会にお客も行ったことにする

冷えるねと上司が肩を抱きに来る

拝啓の手紙をくれた子の育ち

人妻の方に魅力がたんとある

ほら吹きのラッパは息をついてない
ぼろぼろのノート教授の飯の種
抜け道を探る男が踏む地雷

人形のようにタンゴは首を振り
本尊は倉庫レプリカ拝ませる
何かしら叩きたくなる竹の棒

投げられた力士で割れる砂かぶり
内定を貰い茶髪に染め直し
保育所を落ちて仲間に入れられる

蓋もなく五輪予算は底もない

名を忘れ渾名飛び交う同期会

何年も妻の名前を呼んでない

老けたなあ徹子の部屋のお客様

ピーピーのケトルで止んだ口喧嘩

母子手帳貰って止めたピンヒール

一人ならやらぬ裸の寒稽古

保育園以来受けてもみな落ちる

表面は菩薩女の業は夜叉

内定も業者まかせでする辞退

ひっそりと恩師の著書が古本屋

風化した同士迎える金婚譜

不良役なら直ぐ出来るエキストラ

仲間内笑い合ってるワイドショー

覗かれて体重計を飛び降りる

年功序列ＯＢ会に引き継がれ

ビリだって両手を挙げてするゴール

フェモロンを撒いて女の独り酒

ブラックとロボットからも嫌われる
ベビーカー顔を出してるお犬様
腹八分勧める医師の肥満体

鳴き声に探鳥会の私語が消え

日本語は出来ぬが温い介護の手

ナイーブと言われ長じて引き籠もり

本当に脱げば男の意気地なし

ボーナスが出たな寿司屋に若い客

運ばずに獲物見ている蟻もいる

ふざけてるだけと先生見ない振り
飲んべえを避けて固まる下戸同士
何もかも捨てて妻だけ残される

延ばしたり縮めたりする赤い糸
脱いだ靴揃える孫に嫁を褒め
噺家の目の前でする大あくび

他人事と思えば直ぐにする助言

年金と退職金で得た自由

難聴が進んでツーもカーもない

べからずをてんこ盛りしている役所

内緒ごと諭吉が全部喋らせる

何十社受けても落ちる何十社

半生をかけてローンを払いきり

人間に直ぐ忘れるという特技

猫に鈴言い出しっぺに付けさせる

仲人が嘘と承知の美辞麗句

派手かしら言いつつも取る派手な方

抜擢をされて同期を下に見る

生ゴミの捨て場カラスがお出迎え

ビギナーズラックが元で自己破産

屁理屈が答弁という永田町

平野さちをエッセイ(3)

川柳三昧（パートⅢ）

心ならずも老害の常套句である「後継者がいない」でＮＨＫ学園の専任講師を務めて六年目になった。

机を並べていた若いお嬢さんも契約社員だからどんどん変わって、錆びついた脳では直ぐには名前が覚えられない。

知力、体力ともに衰えた八十路が、今日も受講生の添削に頭をひねっている。

では句集「あかさたな」以降の拙句を披露しよう。

（ガイド）　お得意の場所は寝かさぬバスガイド

（詳しい）　赤ちゃんの名まで地方紙載せてくれ

（武器）　野心持つ女の武器は体当り

（がむしゃら）　過労死の天井を這う棒グラフ

（豆）　お飾りのグリンピースに和のみやび

（偲ぶ）　独り酒遺影の妻に叱られる

（でかい）　同タイムでも勝ちましたバストの差

（のろのろ）　留年を続け部活の華になる

（呆然）　妻の手で探さないでと置手紙

（そっくり）　濡れ衣を監視カメラに着せられる

（斬新）　ドローンで届くサンタのプレゼント

（誤算）　根回しを済ませた奴に噛みつかれ

（ちょっぴり）　フカヒレを探し春雨掻きまわす

（空）　予報士にどうにもならぬ空がある

（洒脱）　さあさあと言い常連に席を空け

（レンタル）　面接の日だけ親父の靴を借り

（安い）　洗濯をして訳ありの訳を知り

（晴れる）　摩周湖がはっきり見えて物足らず

（ツーカー）　あれそれで不自由のない老夫婦
（逆らう）　イヤイヤが出来て赤ちゃん喜ばれ
（口実）　腰痛といって君が代起立せず
（ぽつん）　何人も釣った女将の泣きぼくろ
（交換）　天の声人事の首をすげ替える
（犬）　いつからか妻綱吉になりました
（喧々囂々）　聞き取れぬままこしらえる速記録
（言い訳）　遅刻した訳をハチ公聞き飽きた
（守る）　墓場まで持って行くよと口つぐむ
（大胆）　紐だけを見せて浜辺の甲羅干し
（しんみり）　見舞客帰ってすする三分粥
（エリート）　床柱背負ってエリート憚らず
（ブーム）　行ったことないふるさとに税納め
（都合）　少子化で特待生という値引き

（学友誌「つれづれ」二〇一六年五月）

川柳三昧（パートⅣ）

本稿は残念ながら学友誌「つれづれ」の廃刊により、日の目を見なかったものであるが、この機会を借りて披露させて頂きたい。

（もしも）　どの服も住所氏名が縫ってある
（無意識）　妻の目に合うと入れてるバックギア
（のびる）　踏切にそばの出前が泣かされる
（やれやれ）　薬莢が空で派遣の自衛隊
（今どき）　ロボットも残業せずにデートする
（酒）　養老の滝見に行って酔い潰れ
（しつこい）　昨日からまだ噛んでいる貝のひも

（命取り）　大物を釣って竿ごと海に落ち
（いやらしい）　告白をされたと彼が触れ歩く
（捨て台詞）　覚えてろ言った当人忘れてる
（五十歩百歩）　エログロを批判している週刊誌
（礼）　ありがとうひとときと止まる介護の手
（罪滅ぼし）　ＬＬをそっと戻した下着ドロ
（許す）　壁ドンに目を瞑ったの酔ってたし
（演技）　嘘泣きと思うが女放っとけず
（シングル）　夫看取って冷え性に慣れました
（けろり）　痛がりにする母さんのチチンプイ
（譲歩）　関税を持ち出されると買う兵器
（手軽）　手料理と思えば彼女お取り寄せ
（令和）　積ん読の万葉集が売れている
（和洋折衷）　神仏にキリストも入れ願いごと
（大もて）　天神様も受験期だけと知っている

（名ばかり）　選良というが民意に遠くいる
（しらみつぶし）　町会の寄付は漏れなくやって来る
（線）　直線にならぬ整列する園児
（狙い打ち）　騙される人は何度も騙される
（せっかち）　注文をすると割り箸割って待ち
（借りる）　ばらばらの家紋で並ぶ披露宴
（物好き）　人だかり一番前に妻がいる
（さぼる）　ヘルパーに親を預けてコンサート
（目障り）　被災地に海が見えない防波堤
（ロマン）　塗りつぶす百名山の地図拡げ
（筒抜け）　父母会の後先生にご注進
（シャイ）　目も見ずにフォークダンスの手を握り

山

富士山はどの方角か富士見坂
まあいいか後は明日で飲んで寝る

幕間に解説をする半可通

迷子札持たされて行くウォーキング

無抵抗主義を通して五十年

孫からのメールはまたもサクラチル

都落ちするエリートの女偏

野菜から食べろと順を決められる

マンガ描き眠気こらえる授業中

満月に明日のデートを考える

無責任ばかり集めるアンケート

貧しくも喜捨に頼らぬ自負がある

黙々と妻の料理をシェフが食べ

役員が買ったバザーの売れ残り

物言いにのっぺらぼうになる行司

満開に合わせ出張予定組む

譲られた席に若者先に行き

役人の出世手段はごもっとも
メディアでは出来ぬと寄席で振る枕
無理ですよ母妻嫁にまだおんな

窓開けた換気のために風邪を引き

目標を達成したらバー上がる

無名だが略奪愛で名を知られ

見栄張って買ったスマホがあくびする

マタニティー優先席に無視される

孫の字がトイレでたばこ吸わないで

元モデルですかと妻を褒められる
真四角な男にもある裏表
もう一人マイナンバーの僕がいる

メル友のお陰で今日も夜が長い

もう猪突する元気ない年男

面接でうっかり漏らす滑り止め

マスコミに無理やり離婚させられる
面接が済み善人の面を脱ぐ
真面目だと重宝がられ出世せず

もう嫌というのに酒が追ってくる

負けそうになると女の泣き落とし

面取りをしても女が煮崩れる

窓際になってこぼした愚痴も尽き
まあ良いと自分で決める中の上
もう最後最後といって成田発

また探すマイナンバーのしまい場所

雪かきで隣地境界線を知る

予定した生前葬の前に逝き

良い友に恵まれ足らぬ交際費
面食いで貰った若さ悔いている
もういいというのに注げば呑んでいる

平野さちをエッセイ(5)

パクる

夏井いつきの辛口批評が評判の木曜日「プレバト」は俳句の添削であるが、川柳家も参考になるため視聴率が高いと聞く。しかしかなりの高位になったタレントの佳句をお笑い仲間がやっかみ半分「パクりだ」と茶化すのを聞いた時にはすごく嫌な感じがした。俳句も川柳と同様わずか十七音だから、同じような句ができることも避けられない。だからと言って過去に発表された句と全く同じあるいは助詞の違いだけという句が作られる確率は僅少のはずだ。

何年か前にある地方の句誌に大木俊秀さんの代表句「盃に散る花びらも酒が好き」が違う作者名で堂々と載っていたのにたまげたことがある。選者が全ての句に精通しているはずもないが、大家のこの位の句は知っていて欲しいものだ。

昔と違って現在は川柳に関する情報は句誌だけでなく、日川協の「全国の川柳に関する情報」でもパソコンですぐに手に入る時代で、過去の名句をテーマ別に見ることができる。

逆に考えれば作品が以前のように吟社の句会参加者や同人だけが知るだけでなく、川柳雑誌や『番傘』誌の各地句報欄で全国から評価されるともいえる。

そう言えば番傘本社の森中惠美子さんがかつて句集を出すと全国で何句かは同一句が発表されるとこぼされていたことがある。名句に逢って覚えている内にふと自分の句として出してしまうのだろうか。

私事だが句集に載せた「玄関に親の躾が脱いである」がM新聞の川柳欄に出ていると、M新聞を購読していない私に息子から連絡を貰ったことがある。（脱いであるは平仮名になっていた）

私の拙い句もパクられるようになったかと笑ったが、考えてみれば句集は私の友人知人だけしか配布していないので、犯人捜しをする気もないが不愉快なこと極まりない。

かく申す自分はどうなのかと胸に手を当ててみると、他人の句を盗作したことはないとハッキリ断言できるが、自分の句を使い回したことが絶対にないと言えるかといえばいささか心もとない。

所詮定年後の趣味として始めたものだから自分のために詠んでいるので、抜ける抜けないに一喜一憂することでもないのは百も承知なのに、出句の締め切りに追われるとつい安易な方法を選ぶ己の弱さなのかも知れない。

長い間お世話になったＮＨＫ学園では「過去に活字になって公表された句を二重投稿することは違反だ」というルールにしているが、「口から出れば世間」のことわざ通り活字にならなくとも一度発表した句は全てダメという明快な論者もいる。

岸本水府が句の位付けを否定したのもこういうことを危惧したからかも知れない。川柳は趣味なのだともう一度原点に帰って作句に励むほうが後ろめたい思いをするより余程楽しいと思うのだが。

（『川柳東京』二〇一九年二月号より「番傘」二〇一九年二月号転載）

藁

見つめ合いストロー二本飲むソーダ
両人が割り引いて聞く愛してる

リストラと洒落た名前で馘になり

理想追うだけでゴールが遠くなる

ライバルも賛成なのが気に食わぬ

ロックでと青い吐息で飲んでいた
留守番の昼はチンして缶ビール
連番にマイナンバーでならぬ妻

訳もなくくしゃみ噂の中にいる

理想とは違う同士でなる夫婦

若者の優先席の足が邪魔

忘れ物戻り空き巣と鉢合わせ

両親が健在だから引き籠もり

ルールなど一強だから作られる

老老の介護で妻は宝物

和解して消化不良のまま握手

若い頃年功老いて成果主義

落書きが小さく財務省のトイレ
良心の欠片を探す取り調べ
両隣顔も知らない都市砂漠

留学の孫へ広げる世界地図

ロボットのお局新型をいびる

若者が怖い渋谷の交差点

礼服を脱いであぐらで飲む渋茶

離婚するたびに資産が増えてくる

両脇はお辞儀するだけ謝罪劇

私の不運が鼾かいている
我が顔がアベノマスクにでか過ぎる
留守番を押しつけられるテレワーク

あとがき

川柳の終活のつもりで取り組んだ続編ですが、この六年間の作品を打ち出してみて、己の句想の拡がりのなさと語彙の貧困さをまざまざと見せつけられて愕然としました。

「つくだに」(過去からいやっというほど詠まれている情景)といわれるほどの同想句もありましたし、古めかしい陳腐な表現に我ながら赤面することしばしばで、四百句ほどの選抜に八十路の衰えを実感させられる羽目になりました。

章立ての体裁は前回同様「あいうえお順」として整理し、各間に期間中のエッセイを挟み込み区切りとした点も同様です。

句のピックアップは同人である東京番傘の課題吟を主に、雑句ばらん、印象吟「銀河」、杉並川柳同好会、その他から入選句を中心に拾いましたがそれぞれに思い出深いものがあり、取捨選択に迷いました。

時折句の選評などで安易に「読者の共感を呼ぶ一句」などと書いていましたが、ある時直木賞作家の朝井リョウさんが「共感というのは何か押しつけがましくて僕は嫌いです。」と言っているのを聞きました。なるほど確かめてもしないで勝手に他人も自分と同じ思いだろうと忖度して決めつけているところがあって、他人様には大きなお世話でしょう。そうは言っても本書に例え一句でも共感して頂けるものがあれば、作者としてこれに勝る喜びはありません。

結びに前回同様校正装丁にお世話になった新葉館出版の竹田麻衣子さんと、カットを頼んだ妻の育江に感謝致します。どうもありがとう。

令和二年十月

平野 さちを

【著者略歴】

平野さちを（ひらの・さちを）

本名　平野幸男
昭和10年（1935年）8月　東京都中央区銀座生まれ
平成9年2月　（財）日本セカンドライフ協会川柳講座
　　　　（上田野出 講師）受講
平成26年10月　川柳句集「あかさたな」出版
現　在　番傘川柳本社 同人
　　　　東京番傘川柳社 同人
　　　　杉並川柳同好会 世話人
　　　　NHK 学園添削講師
現住所　東京都世田谷区代田3-53-11
趣　味　スポーツ観戦　旅行　水泳　ボーッとしていること

続 あかさたな

○

令和2年11月10日　初版発行

著　者
平　野　さちを

発行人
松　岡　恭　子

発行所
新　葉　館　出　版
大阪市東成区玉津1丁目9-16 4F　〒537-0023
TEL06-4259-3777 FAX06-4259-3888
http://shinyokan.ne.jp/

印刷所
株式会社 太洋社

○

定価はカバーに表示してあります。

ISBN978-4-8237-1042-1